その他の一群

湯浅洋一

YUASA Yoichi

文芸社

民間の　産業情報　のみならず
個人秘密を　なぜ知りたいか？

肉売れば　肉で損する　企業あり
産業秘密　複雑怪奇

天皇も　個人的には　皆違う
考え方も　皆違うはず

最近の　大和なでしこ　守るため
君は出征　できるかどうか

戦地には　時期尚早も　ありぬべし
for-the-people army
for-the-people nation

王尊は　子どもの心　みどり児(ご)の
赤子のごとき　童心の君
（子どもは王様である）

予防用　呪文の前に　倒れたる
合成人間　バネが延びたり

義経の　自己教育の　跡見えて
鞍馬のお山　天狗面売り

力なき　能面顔の　空笑い
心が割れる　前兆らしき

メーカーの　生産経路　よく見れば
工程別に　原価計算

農業の　農土の狭さ　致命的
化学肥料の　濃度化しかなし
（農芸化学の奨励）

高野川　水の流るる　下鴨の
糺の森に　夕月紅く
（紅衛兵）

紅衛兵　親衛隊に　赤軍派
血をもいとわぬ　決死軍かな

左大臣　中央分けて　右大臣
左将と右将　近衛府とせよ

西ドイツ　東ドイツの　例もあり
左右日本　次へのために

あかね雲　まごころの詩（うた）　歌いつつ
東の空を　明け昇り行く
（航空自衛隊）

近代の　始まり告げる　民主主義
世界精神　ヘーゲルの説く

現代の　世界精神　社会主義
マルクスの言う　共産主義か

現代の　客観主義の　大権化（だいごんげ）
数理精神　科学の味方

芸術は　科学に対し　感情の
美の精神の　感性となり　情性となる
（仏足石歌）

人生の方法

三拍子
そろえばここに　人間の
完全型が　でき上がる
情性・理性・感性の
完全型が　でき上がる
人々よこの　三性を
大事に生かせ　永遠に
平安の世に　生きるなら
これよりほかに　人生の
方法はなし　涙せよ
三者均衡　不安なら

人間崩れ　起こるべし
世の乱れには
人の乱れも
（長歌）

人生の　方法という　技術あり
人の世悲し　情性の雨
（反歌）

琴線を　かきむしるごと　バイオリン
空気ふるわせ　音送り込む

砂漠行く　ラクダ隊商　霞む月
王子と王女　砂塵蹴立てつ

月女　白き男が　後を追う
狐が狐　追うは正しき

文学の　上の文学　超文学
『源氏』浮橋　かくならむにや

昼下がり　白日芸の　影日向
日記の夢の　物語かな

習俗も　規則に頼る　石頭（いしあたま）
ガルガンチュアの　機械頭（AI）よ

第二価値を　持つのはどれか　平ガニの
小口分散　株式投資

一点と　原点からの　距離同じ
四個の数で　幾何も開ける
（$r^2 = x^2 + y^2 + z^2$
θを角度数とすると
1θ　1秒後
$2\theta\theta$　2秒後
$3\theta\theta\theta$　3秒後
$t\theta\theta\theta\cdots\cdots\theta$　t秒後
（t個）　ただし　$0° < \theta \leqq 360°$
∴　$n \cdot n\theta$　が一般式
$= n^2\theta$
よって、$f(x, y, z, n^2\theta)$ の4次元時空世界が、開けてくる。

すると、一般に四次元時空世界は、

$$\begin{vmatrix} x_0 & y_0 & z_0 & \theta \\ x_1 & y_1 & z_1 & 4\theta \\ x_2 & y_2 & z_2 & 9\theta \\ x_3 & y_3 & z_3 & 16\theta \end{vmatrix}$$

のように表せるということになる。これは、アインシュタインの一般相対性理論そのものである。

簡略化すれば

$$\begin{vmatrix} f_0 & \theta \\ f_1 & 4\theta \\ f_2 & 9\theta \\ f_3 & 16\theta \end{vmatrix} = \text{一般相対性理論}$$

と縮めることが可能となる。ここに、$f(\quad)$は関数行列、θは時間行列であり、特殊相対性理論における世界線を意味する。）

大伴　旅人に思う　草枕
旅行く人の　奥の細道

無慈悲てふ　情性のなき　仕打ちこそ
彼らの好む　枝にぞありける

韓国の　統一教会　大体が
「統一」なりとは　何の統一？

財源は　法人税に　頼るべし
反撃力の　国防予算

予算措置　法人税の　二義的な
穴埋め分は　ニーサで行けば

日本国　もし侵攻が　なされたら
アメリカ番兵　飛んで来させよ

日本と　米国間の　条約に
番兵条約　一つありたり

十字星　銀光放ち　下り落つ
滝壺底に　向かえ打つがに

新しい　貿易先に　英語圏
ニュージーランド　オーストラリア

抜き打ちの　セックス行為　女には
思わぬ得を　したかの思い

暇々に　女が女　犯す時
パンツが揺れて　腰逃げ回る

久々の　レズにふければ　乳首立つ
乳房膨れぬ　丸味帯びつつ

湯の中で　腕をからめば　しゃがみ込み
下へ下へと　導く仕草

普通には　普通が道理　セックスも
普通に入れて　普通に抜いて

今もなお　心に残る　わら葺きの
白川郷の　合掌造り

指宿の　浜に横たう　我が波の
夜空を切りて　星流れ落つ

金・ポンド　二択の市場　イギリスの
労働党の　価格政策

今与党　仏教民主（＝公明党）　我が党（＝平和社会党）と
経済政策　相性如何？

経済は　対米重視　精算し
豪州重視に　切り替えて行け

無念かな　敵取り逃がし　原子性
光線銃で　応戦するも

准太政ー天皇こそは　我が地位ぞ
光源氏と　同じ君なり

人生の　奥の細道　踏み分けて
平和の心　探し続けり

女衒（ぜげん）人　人買い資本　買い占めて
自ら遊ぶ　金や女と

日本の　反革命を　つぶすには
右翼の一人―必殺主義か？

最多数　得票者とは　民主主義
平均人の　平均得票
（ガウス分布）

方向の　呼び方如何に　極地域
北極南極　上か下かと

経済の　立地条件　生産や
消費の量を　決めているはず

大津なら　消費地二つ　大阪と
名古屋のほかに　京都も添えて

国内の　経済立地　国外も
豪州地域　見込みはないか？

食品の　生産拠点　この大津
バイオの道よ　大きく開け

バイオには　自然生産　そのほかに
テクノロジーを　駆使するものも

品種には　何を選ぶか　決めるには
会社自治権　活用すべし

食品に　加工生産　生かせれば
合理化まさに　成功しよう

農業に　食品工学　加えれば
食の革命　達成できそう

「京大の　ための予備校」　銘打った
昔の学舎　今はなかりき

韓人の　在日特権　証拠なし
それより深き　東大特権

戦前に　党派軍閥　二つあり
皇道派閥と　統制派閥

仮に今　党派が二つ　あるとせよ
数理派閥と　法理派閥か？
（大カント哲学）

生産は　$\vec{A}$設備資本と　合力の
$\vec{B}$技術資本に　$\vec{C}$は人材資本
（三ベクトルの一本化）

→A、→Bと→C
合成すれば　会社の力

ベクトルの　微分商にて　成長の
跡付け可能　貢献度さえ

貢献度　高き資本は　特別に
集中投資　資金移動を

電子メス　遠方からの　操作にて
生き死に自由　光線療法
（法医学）

企業統治

経済の
主たる話は　経済学
会社自治権　話すなり
企業統治の　要諦を
社内で話し　了承を
求めてまずは　体制を

体制樹てる　気構えを
経営陣に　訴える
アクション・プラン　作成の
後（あと）には経営　スタッフの
自主経営権が　残るのみ
勝ち残るのは　当会社？
敗れ去るのは　当会社？
運命まさに　労働者
君たちの手に　託されて
勝利の美酒を　待ち望む
実際の世は　甘くない
理屈通りに　進むのか
経済学と　世の中の
かみ合い方に　問題が

なければ企業－統治には
異常なしとふ　結論が
はっきり灯（とも）る
我らの会社
（長歌）

結局は　会計学が　結び役
経済学と　経営学の
（反歌）

日常の　階級間の　闘争に
なくてはならぬ　階級戦術

法益を　侵害すれば　罪になる
わいせつ罪は　何侵害か？

風俗か　性対象か　分からねば
公然・強制　二系に分けよ

結局は　わいせつ罪の　罪質は
性風俗の　健全さにあり
（以上、自律的性風俗の秩序について、三首）

人権の　因って来たるは　個人なり
個の尊厳が　すべてを率いる

究極の　王将戦は　金金王
裏なし戦が　可能であるか

日本の　専制主義も　今はなし
相対主義の　国家体制

学習の　羊の時代　通り過ぎ
創造の今　獅子の時代へ

浮世には　法も事実も　区分なし
平均的な　正義あふるる
（平均的正義）

for the people　各階層に　for the people
配分的な　正義貫け
（配分的正義）

フランス革命　過去のもの　ロシア革命　過去のもの
社会民権運動　ブレーキも効く
（群集心理に要注意）
（自由律短歌）

体詩

スポーツは
からだの体詩　サッカーも
当意即妙　足蹴りの
タイミングとも　ぴったりの
呼吸を合わせ　足を蹴る
選手個人の　限界を
さらに上へと　押し上げて
限界なしの　自由へと
筋肉作りの　理想へと
〇・一秒　実力を
高める道に　修行あり

修行に励む　者にのみ
自然は秘密　打を明ける
ひそひそ声で　打を明ける
体詩は何かの
秘密の宝
（長歌）

戦争の　身代わり手段　スポーツの
昇華効果を　巧みに使え
（反歌）

自由型　型があるのに　自由かな
水泳不思議　自由の不思議

王国の　主君と村人　睦び合う
原始共産　制美しく

太古代　エデンの園の　片隅の
木の葉隠れに　衣（きぬ）ずれの音

FIFAの日本　ドイツに続き　スペインも
見事に下し　風呂でもビール

聖書には　わざとらしさも　散見し
神の作為も　鼻に付く夜

万全か　科学武装と　人材の
世界戦争　日本の国防

国防は　いざ鎌倉の　頼朝の
武将幕府に　範を見るべし

スペインの　サッカー下し　意気上がる
FIFA日本の　前に敵なし！

「戦場の　ピアニスト」にも　行き渡る
ショパンの曲が　今も耳打つ

過去の日の　あの一言が　悩ましき
今日この頃の　事態を招く

心(しん)の字に　紅葉浮きたり　一節(ひとよ)切り
月に尺八　眼に涙あり

ぬばたまの　深夜を衝きて　甲賀なる
忍びが走る　風を切りつつ

刑法の　正義はいつも　普通人
平均的な　正義の世界

行政の　生命（いのち）は常に　貧しきへ
配分的な　正義の世界
（正義を詠む、二首）

平均度　X軸の　上に取り
Y軸上の　配分度とも　組み合わせれば
（仏足石歌）

人座標　X軸と　Y軸で
四個の面に　正義を分けよ
（人柄関数）
（$y = ax^2 + bx + c$　と関数化）
（四象元制による分析可能）
（法哲学方法論）

関数論　法哲学の　数理化を
通じて法の　数理支配へ
（数理法哲学）

へびとぐろ　首をもたげて　見渡せば
小粒渦巻き　いくつも成せり

時代観　家畜の方が　わかる方
まわりの物で　時間量るか
（動物心理学）

「吾が輩は　猫の王様　かつおぶし
要求項目　それだけで良い」

青森の　雪の奥山　今日越える
浅き夢見し　日本精神

腹つづみ　冬のあけぼの　つんざいて
池のポン太の　置き物が鳴る

須賀神社　風も新たに　すがすがし
朝日輝く　寒きつとめて

聖日本　苦肉の作は　万国の
円教徒たち　団結の道

あの頃の　終戦直後　新聞の
「クリちゃん」漫画　思い出しにき

空無有り　空以外には　何もなし
真っ青の空　全空いずこ

京大の　ゴリラの総長　見て思う
「人とゴリラと　区別できるか？」

毎日の　生活条件　衣食住
マルクス神の　効力はなし
（宗教と日常生活は別――土豪信仰より来たる）
（日本常民史の源流）

革命後　日本に立憲－社会党
結成されつ　朝の一刻（ひととき）

現在の　日本は今や　大浪の
公正管理　自由経済

日本の　宗教も今　円教の
傘下のもとに　納まる気配

カトリック　日本根城に　する動き
今でも見せず　良識ありて

アメリカの　プロテスタント　一向に
拝みもせねば　興味すらなし

学術体制

東京の
学術体制　定まらず
テンヤワンヤの　大騒ぎ
恥・外聞も　今はなく
東京都民も　あきれ顔
解決策は　ただ一つ
銀行合併　乗り切りし

往時のごとく　体制を
改めるべく　努力せよ
東京外語と　一橋
医大・工大・農大と
多角合併　実行し
新東京の　シンボルを
東京学術‐大学と
するならここに　展望が
開けて来らむ
新規学術

（長歌）

ひょっとして　我らは二人　寂しさの
子どもを連れて　歩いていたか？

月読命は誰れも　寂しさの
青き色衣　着てはいないか？

荒武者の　日本武尊は月読命の
別の姿と　思えてならぬ

月読と　武は二人　仏菩薩
慈悲を備えた　日本精神

和御魂（にぎみたま）　荒御魂（あらみたま）とも　日本の
古き信仰　体現したり

将軍家　天皇家とも　内庭を
荒されてまで　「引き」は続けず

革命の　意気上がる士気　転用し
条約矛盾　腐らせるも良し

十五代　将軍家とも　十五代
天皇家はも　引けは取らぬぞ

一世代　三十年と　仮定して
治政期間を　概算すれば？
（「徳川三百年」という言葉もある）

人生も　直線坂に　あらざれば
共産主義の　原始時代は　輪廻（りんね）せざるか？
（仏足石歌）

資本たる　円運動の　法則も
法則たるに　違いあるまい
（漸増円運動）

物質の　円運動の　法則を
史的に見れば　唯物史観
（共産主義から出発して共産主義に帰る－数式化可能）
$V=k\iiint f(r,\theta,\phi)\,dr\,d\theta\,d\phi$
（ϕはr, θの関数）

精神の　集中いかに　作せるらん
神経の芯　自分の居場所に

天智朝　夜空を見れば　夕星の
薄明かりにも　雅楽ありたり

永世の　中立制こそ　我が国の
城籠もりたる　鎖国にぞある

戦場の　人は石垣　人は城
武田武士団　軍備整う

隣国と　親善外交　暖めよ
海洋国家　日本の行く手

月と星　ほぼ重なるか　宇宙船
ト音記号が　遂に出でたり

あの世には　宇宙空間　のみぞある
山川草木ー皆空思想
（円教の見解）

動物や　植物の霊　透明に
ありける時は　不自由たりけむ

「皆空」は　「空即色」と　合わせれば
「空」とはつまり　物質透視
（円教の見解）

人間は　衣服を通し　肉体の
透視すればや　花盛りなり

極楽の　天は天国　地は地獄
人の縁なり　花の宴なり
（天地人）

銅剣の　青さびた剣　日本の
哀愁に似た　寂光の剣　悲の器なる
（仏足石歌）

春雷の　電光一過　山割れる
轟音瞬時　響き渡れり

おっぱいが　ぶるぶる震え　じわじわと
断裂開き　組み込まんとす

心持ち　ふくれがちなる　恥丘かな
大股広げ　食い付かんとす

ぬばたまの　夏の夜更けて　暗き中
妖気ただよう　女体動めく

元禄の　幕府膝元　江戸の町
浮衆(うきしゅう)・町人　うわさ話に　打ち興じたり
（仏足石歌）

ミクロの美　マクロの美より　多きかな
「古今和歌集」　トレモロの音　霧雨の絵図
（仏足石歌）

歳末の　夜空を見上げ　つぶやきぬ
宇宙主権は　地球にありや

田子の浦　通りがかりに　脇見れば
富士の高嶺に　初雪ぞ降る
（本歌取り）

ぬめりなき　異星人作　刑事モノ
確かに区別　するも肌合い

容赦なき　殺人行為　好む者
やはり人種の　差違に由るべし

人種たる　肌合い違う　人同士
守護神ありて　各違う

民法上　人には法人・自然人
二種類ありて　制度人てふ

今日も又　つぶやきの歌詞　流れてる
近所の店の　言葉のメロディー

漸くに　数理解析　立ち上がる
権利・権限　義務の間に

権利・義務　権限・義務の　二本より
関係式を　導き出さむ

権利・義務　法律関係　数式を
通して関数　完成を見る

要するに　法律すべて　数学の
機械を通し　読み取れるはず
（以上四首、法律学の数式化を詠む）

今日の　経済現象　独特の
くもの巣定理　今も生きるも

A国と　B国らとの　関係は
国際民主　主義に拠るべし

国連を　人権保障－平和保障
完全機構に　変えていくべし

地球神　創造主腹　太鼓腹
腹つづみ打ち　飽きてスヤスヤ

ある時の　大国主(おおくにぬし)の　陣太鼓
地球神良く　動きつるかな

風神と　雷神共に　御老公
助格道中　次の宿場へ

アッラー神　キリスト神と　釈迦牟尼仏
我が地球神　四方固める
（守護神四天王）

地球上　四大宗教　成り立ちぬ
回教　主教　仏教　円教

福音に　原罪感情　いちじるし
苦しまぎれの　答弁もあり

福音の　矛盾効果に　人生の
約束を見る　夕暮れの里

夕焼けに　小波さざめく　鳰の海
堅田落雁　滑り落ち行く

日本の　宗教者会議　比叡山
延暦寺から　検討始める

日本に　主教派連盟　キリスト教
事務総局は　いずこにありや？

イスラムの　白豚禁止　意味不明
カーバ神殿　見ては思いぬ

東大は　手かせ足かせ　邪魔者に
大学如きが　差し出がましく

民事罰　刑事罰など　司法罰
以外に怖き　軍事罰あり

皇族の　皇廟荒らすな　荒御魂
活動すぐに　開始あるらん

白鵬と　千代の富士とを　思い出し
急に気になる　五十連勝碑

双葉山　六十九の　新記録
数えるまでは　谷風トップ

今日の　国際政治　緊迫の
度を加えつつ　年末迎う

イカになり　タコになりして　上下に
身をくねらせて　進む道かな
（光の気持ち）

代数は　何をやっても　有限算
無限算とは　別次元なり

創造の　巧みは常に　無限なり
無限算法　誰れができるか？

算法を　無限に取るか　有限か
時間・空間　次元は同じか
（一般相対性理論）

刑法改正案に関連して、四首

刑法は　強制的に　性行為
させた者らを　処罰する趣旨
（刑法第一七六条）

刑法は　性風俗を　公然と
害した者らを　処罰する趣旨
（刑法第一七四条及び第一七五条）

暴力を　ちらつかせては　性行為
迫る者らを　処罰する趣旨
（刑法第一七七条及び第一七八条）

自由意志　まひしたままに　機に乗じ
人を姦（おか）すを　処罰する趣旨
（刑法第一七八条及び第一七九条）

ビラ文化　誰れが言ったか　不明なり
「同一労働　同一賃金」

想念の　限りを尽くし　地場産業
バイオの種を　育ててみせよう

円神は　地球守護神　人間の
究極の神　価値の神なり

価値体は　物の神なり　数ラベル
ではなく大物（おおもの）　主神（ぬしのかみ）なり

ちはやぶる　大物主神　一体
自然宇宙に　大殿ごもる

暗号は　乱数表を　下に置き
五十音図を　上に置くなら
（立体行列）

ぬばたまの　夜の琵琶湖に　吹く風は
何か不吉な　予感を誘う

山岳戦　日本のように　山がちな
土地に適した　戦闘方法

ユートピア・社会主義だと　ののしられ
非難受けても　この形が良し
（民主社会主義）

合力が　0となるべき　一点と
他の零点と　関係ありや　関係式は？
（仏足石歌）

日本に　民主社会主義　打ち立てむ
多大な労力　要してもなお

本年も　年末となり　あとわずか
七十五年も　よくも生きたり

我が短歌　いかなる位置に　納まるか
見届けるまで　生き続けよう

最近の　商品気品　風情あり
品質改良　余念なき様

以下、永世中立制四首

永久に　中立制に　与(くみ)すれば
一応不戦　形整う
（不戦勝）

戦時下の　中立制の　本質は
非当事者を　続行すること

当事者に　なるかならぬか　結局は
国民たちが　決めるべきこと
（平和特権）

長年の　第九条も　意味固め
平和主義から　平和特権
（特権国）

ＰＫＦ　国連軍は　平和維持
それ専門の　軍事要員

マルクスの　搾取活動　刑法の
窃盗罪か　横領罪か

男あり　女ありとて　浜ありうべし
若きあり　老いたるありて　ホームありなむ
（旋頭歌）

人生に　笑いありとて　善法論に
人生に　涙ありとて　悪法成らず
（旋頭歌）

人情と　義理とはいつも　相伴うて
情性と　理性が常に　計算してる
（旋頭歌）

「日本は　自由な国よ　平等の国
豊かなる　隣人愛の　行き交う国よ」
（旋頭歌）

アベベてふ　裸足（はだし）の王者　エチオピア人
紅海の　入り口近い　高原走る
（旋頭歌）

花と蝶　その日暮らしの　自由な暮らし
蝶の身で　白と黄色の　何が不自由
（旋頭歌）

日本の　共和制とは　地方自治
双頭鷲の　民主主義なり

公共の　福祉道徳　元々は
個人の自由　集まりて成る

円満な　家族支える　イデオロギー
女権主義なる　人権意識

日本の　常なることは　常民史
公家・武家以外　この分野にて

常民史　民俗学に　ルーツあり
通常人の　生活語る

国家史か　経済史かで　悩む君
会社史含め　経済史が良き

目標は　アッバス朝か　サラセンか
砂の広野を　ラクダに乗りて

今回の　大革命は　ユートピアー
社会主義革命　型にはまらぬ

藤原家　潰してもなお　将軍家
余白に大名　有力家系

イスラムの　サラセン軍に　根回しを
するなら今が　チャンスそのもの

岩走る　滝の流れる　音高き
エデンの楽園　今まだ遠し

将棋盤　王将除き　すべて裏
成り金将棋　初めてぞ見る

夜を徹し　短歌作りに　精を出し
窓をのぞけば　湖面が白し

あけぼのの　白く波立つ　琵琶の湖
老女が一人　ひっそりと行く

穏やかな　感情の波　日を受けて
打出浜を　洗い清めつ

部屋に居れば　窓の外なる　空気圧
風切るごとく　ピューピューと吹く

自由主義　自分の自由　だけでなく
他人（ひと）の自由も　愛さなければ
（隣人愛の本質）

不吉なり　南無阿無海の　水面が
さざ波立てる　闇夜に出でて

経済の　資本民主化　図るには
株式買い取り　労組所有も
（自己株式経由）

この時に　京都文化は　花咲けり
光源氏の　帚木（ははきぎ）の巻

所詮今　サラセン文化　咲き誇る
気高き時代　二度とあるまじ

銀色の　波を蹴立てて　フルートの
柔らかき音　伝わりて行く

郵便はがき

差出有効期間
2025年3月
31日まで
(切手不要)

1 6 0-8 7 9 1

1 4 1

東京都新宿区新宿1－10－1
(株)文芸社
愛読者カード係 行

ふりがな お名前			明治 大正 昭和 平成 年生 歳
ふりがな ご住所	□□□-□□□□		性別 男・女
お電話 番号	(書籍ご注文の際に必要です)	ご職業	
E-mail			

ご購読雑誌(複数可)	ご購読新聞 新聞

最近読んでおもしろかった本や今後、とりあげてほしいテーマをお教えください。

ご自分の研究成果や経験、お考え等を出版してみたいというお気持ちはありますか。

ある　　ない　　内容・テーマ(　　　　　　　　　　　　　　　　　　　　)

現在完成した作品をお持ちですか。

ある　　ない　　ジャンル・原稿量(　　　　　　　　　　　　　　　　　　　　)

書　名			
お買上 書　店	都道　　　　市区 府県　　　　郡	書店名	書店
		ご購入日	年　　月　　日

本書をどこでお知りになりましたか?

1.書店店頭　2.知人にすすめられて　3.インターネット(サイト名　　　　)

4.DMハガキ　5.広告、記事を見て(新聞、雑誌名　　　　)

上の質問に関連して、ご購入の決め手となったのは?

1.タイトル　2.著者　3.内容　4.カバーデザイン　5.帯

その他ご自由にお書きください。

(　　　　)

本書についてのご意見、ご感想をお聞かせください。

①内容について

②カバー、タイトル、帯について

弊社Webサイトからもご意見、ご感想をお寄せいただけます。

ご協力ありがとうございました。

※お寄せいただいたご意見、ご感想は新聞広告等で匿名にて使わせていただくことがあります。

※お客様の個人情報は、小社からの連絡のみに使用します。社外に提供することは一切ありません。

民法に　共有訴権　定めれば
共同所有　明らかならむ
（階級的人権）

晴れた日に　八大竜王　飲み下せ
新約聖書　道徳律を
（山上の八つの説教）

橋立の　天浮橋　天と地を
つなぎて動く　言い伝えかな

人生は　ただ一片の　物語
やがて消え行く　夢物語

一生の　人生行路　死に至る
病にならず　元気で暮らせ
（キルケゴール参照）

ユートピア－社会主義こそ　理想点
優良株と　考えるべし

体力も　弱気に至り　あと死のみ
いつ死んだとて　悔いはなきなり

アメリカの　共和党など　好きでなし
民主党こそ　エリート好み

アメリカの　民主主義制　まともなり
自由主義制　いささか粗雑

マルクスの　社会主義など　用はなし
社会政策　体系化こそ
（社会政策と経済政策とでは政策の筋が違うと考えて、詠う）

人生の　終着駅に　近づきぬ
元々ホーム　死に場所にせり

丈（たけ）高き　玄妙感に　包まれて
歌詠む時の　才（ざえ）ある語感

七夕(たなばた)の　緑の竹を　吹き過ぎる
静かな林　一吹きの風

陰謀を　嗅ぎ付けたるか　水戸老公
一人の虚無僧(こむそう)　すれ違いたり

なぜそんな　涙色して　浮かぶのか
縦に並んだ　源氏蛍よ

厳島　神社の軒に　映る波
万古不易の　形止めて

雪も降る　師走も深く　成りにけり
平成院の　元気な姿
（院＝上皇）

革命再発か、にあわてて三首詠む
世の中は　無理な詰め込み　労・不労
二つの階級　にらみ合うだけ

世の中の　労働者階級　不労者と
両立するは　許さずとなむ
（不労者は一人前の社会人ではない、ということ）

実際の　不労所得者　昼間から
性三昧に　のめり込む由

不労者が　不当行為に　出た結果
損害出せば　業務妨害

フランスの　騎士団領の　十字軍
兵士の顔に　喜色あふれる

雪舟の　山と銀閣　物寂びた
接点一つ　将軍義政
（相国寺）

日本の　十五世紀は　ルネサンス
室町幕府　義政の頃

サルトルの　『存在と無』は　ルネサンス
実存的な　日欧格差か？

アメリカの　精神文化　大体は
娯楽文化と　考えて良し

米国は　建国以来　根本の
「アメリカ哲学」　聞いたことなし

俗っぽい　日常的な　情念は
庶民思想と　言うべかりける

常民史・庶民思想と　貴族主義
連続移行　困難な道
（柳田民俗学か構造主義か？）

真正の　民族主義の　根っこたる
今も待たれる　日本常民史

第一代　皇族将軍　起用して
将軍幕府　復活もあり
（征夷大将軍職）

今将軍　日本政府の　下にあり
近江幕府の　初代将軍

商品の　相場の高さ　株式の
市場相場も　映し出すかも
（商品相場が、物品中心から株式中心へ移行する）

坪庭を　取り廻りたる　京の町
うなぎの寝床　年押しつまる

歳末の　洛西の地で　父偲ぶ
空に粉雪　池に金閣

ある土地の　陸自の基地に　計測す
暗殺企図の　確率如何

仏教の　宗教革命　今はなし
旧約の書は　我に関せず

京大の　文学部では　哲学の
勢い強し　文学殺し
（自己批判）

初夏に見る　源氏蛍の　夜の筋
ゆらりと皆の　運命運ぶ

新年に　神々しきか　あしひきの
大観富士は　威容を誇る

数学者　ユークリッドの「原論」を
読んでいた日も　昔となりぬ

音立てて　外吹きまくる　冬の風
年押し詰まる　木の葉飛び散る

沖縄の　泡盛強し　星明かり
海がざわざわ　息づいている

元旦に　タヌキの鼓　打ちながら
革命側は　街頭デモる

今日も又　農耕仕事　やり終えて
与作と妻は　家路を急ぐ

旧約で　定めしことは　ユダヤ国
国主のことか　不思議なる句

神尊の　八面六臂(はちめんろっぴ)の　活躍で
この日本の　君主制生く

徳川の　将軍権は　全権を
指して言うから　全権受任

飛車角行（ひしゃかく）の　縦横両目　よく見れば
善悪両人　笑いつ鳴きつ

主権とは　主の権限を　指す言葉
主の命令で　国運決まる

江戸時代　藩主のことは　「殿」と言う
決して「主」とは　発音しない

人麿の　変死扱う　梅原の
推論結果　半信半疑

梅桜　流れに乗らぬ　盃も
城南宮の　曲水の宴

ほととぎす　声が途絶える　下鴨の
糺の森は　司法の森か？

宗教も　民族色の　復活度
うねりのごとし　神社神道

太陽系　地球造りし　法則は
地質学的　造山運動

いのちある　動植物や　鉱物の
創造前は　絶対無なり
（仏教：山川草木　悉皆成仏）

数学の　絶対無とは　無限の無
どこまで行っても　零の意味なり

数学の　相対無とは　無数の無
プラス・マイナス－零の意味なり

山静か　星降る夜の　たたずまい
我一人のみ　後（あと）を行くなり
（『暗夜行路』より）

黒々と　夜は更け行く　言い合いを
終えた後なる　死の羅生門
（『羅生門』より）

「潮騒(しおさい)」に　流れる潮(うしお)　うたかたの
浮世の絵にも　慈悲のあるらん

埿土煑尊(うひぢにのみこと)に次ぎて　沙土煑尊(すひぢにのみこと)のありぬ
土器の文化が　この頃ありて
(仏足石歌)
(泥土と砂土――生地の違い。工法の成立)

工法は　二(ふた)つあ(あ)りき　三食の
飯盛り茶わん　今日も暮れ行く

勝ち栗と　クリの実採取に　共通の
民族精神　防人(さきもり)の歌

病院の　プロパーたちの　嘆きとて
私用の用も　遠慮なしとふ

地球から　離れる時が　近づきぬ
宇宙航行　スペース・ライナー

先行きの　楽しみな国　まほらまの
プロレタリア讃歌　鳴り渡る国

経済政策を詠む、六首

仕事には　成果第一　同じこと
研究労働　緻密空間

賃金は　成果第一　当然の
給与所得の　金額決定

一律の　最低賃金－保障制
レベル・アップが　必要な時

今回の　物価対策　消費者の
需要拡大　一挙に図れ
（需要テコ入れ政策）

経済の　一挙アップは　労使間
トップ会談　必要とする
（クモの巣定理脱却に向けて）

近いうち　女王蟻の　引っ越しか
クモの巣離れ　円盤目指し
（経済の高層化）

経済の　クモの巣定理没入が
長期停滞　シグナル自体か？
（革命前夜）

八百長の　口裏合わせ　伝票に
及べば私文書　偽造にわたる

荒浪の　佐渡によこたう　天の川
与作と妻が　目を洗う夜半
（天龍）

一秒後　死んでも悔いを　残さずに
生きて行くには　ただ歩むのみ
（無の王道）

米国の　ＧＤＰを　人口で
割れば一人の　生活水準
（生活水準で日本は米国に劣るか？）

生活の　水準見れば　所得経た
単位密度の　高さが分かる
（日米の正確な比較のために）

真昼どき　霧の湖　目を遣れば
事代主（ことしろぬし）の　溺れ行く見ゆ

線引きの　基準も知らぬ　旧領主
自分の領地　ド忘れにけり

月渡り　地球に向かう　飛行艇
指揮官連れて　何するやらん

「月鉾」の　京舞済んで　そと出れば
夕暮れ時の　団らん間近
（京都）

夜更けて　女がしゃがみ　しゃぶる背を
後ろから見た　一筋の糸

冬の日の　日本海へと　抜ける道
ソロー・ブルーの　水面も泣く
（慈悲）

地面より　ふと見上げれば　曼珠沙華
赤の鳥居の　天空の雲

菜の花や　テレビ画面に　清らかな
幻想曲の　音の流るる

ああこんな　菜の花畑で　いつまでも
夢を食べたし　うぐいすの声

鐘の音　遠くに聞こゆ　こんな世に
もう一日も　生きたくはなし
（以上四連首、天曲を詠む）

そう言えば　終戦直後　手力雄神（たぢからを）
朝潮成りて　酷似したりき

今日一日（ひとひ）　仕事に励む　鈴鳴りぬ
あけぼのの空　夜は明けむとす
（五十鈴川）

確かあの　ギリシア神話に　ヘシオドス
「日々と労働」　あったと思う

天照らす　太陽昇る　今日の日も
斎服殿(いみはたどの)に　出掛けなくっちゃ！

伎楽面　使った過去の　仮面劇
パントマイムの　走りにあらずや

金剛流　観世流など　能楽師
所得申告　自ずから来たる

アフリカの　自然を見つつ　沖縄の
慶良間諸島を　思いつるかな

方法を　確立すれば　神話学
比較神話も　可能なるらん

クラシック・バレエの基本ー動作論
やはりエロスに　帰着するかな

画期的　大革命を　経た後は
クラシックなる　時代来るらし

東大の　復活策は　法学部
単科の道を　行政学院
（モデルはフランス行政学院）

日本の　三島文学　たとえれば
抽象立体　四個あるごと

松の間の　歌会始め　江戸城の
松の廊下の　刃傷の沙汰

「科学的　科学的に」と　かまびすし
科学信者の　呪文ののろい

神大和　島根の国の　東（ひんがし）へ
熱田神官　剣の道行く
（日本神尊（やまとかみのみこと））

神尊と　釈尊その他　キリストや
マホメットとは　契約交わせり
（四天王契約――→天約論）

政令の　効力如何　公文書－
偽造罪には　該当しよう

神剣は　銅剣・鉄剣　無関係
銀剣とのみ　伝えておこう

朝十時　ホーム静かに　なりにけり
性の時刻に　入りにけるかな

いのちへの　慈悲の涙の　青緑
弱きに流す　愛のしずくか

年若き　小さき頃の　我が学び
ザリガニ・どじょう
生物たちの　生活愛に
（仏足石歌）

自由主義・民主主義には　難点も
金額民主主義には　ブルジョア臭さが
（株主総会）

公共の　福祉に合った　法律を！
我利我利主義に　陥らぬため
（憲法第二十九条）

経済の　金額民主－主義あらば
政治の一票－民主主義あり

福笑い　腹から笑う　正月の
めでたき笑い　本当の笑い

最近の　東大の件　行政に
二度手間強いる　手前勝手さ

現代の　知恵ある暮らし　結局は
バランス取れた　球体感覚

今回の　大騒動は　生活の
革命なりぬ　令和革命
（生活革命説）

日本の　国家独占　資本主義
人民資本ー主義へと　急旋回か？

社会主義　護持勢力は　二つあり
共産党と　社会党なり

参議院　活性化には　これが良い
地域経済　集団指導

王道の　朱雀大路を　北上す
そのような余地　瑞籬（みずがき）にはなし

須佐之男(すさのお)の　作りし和歌の　八重垣は
上代にては　城壁なりき
（武田信玄）

天皇の　カリスマ支配　エジプトの
ファラオの才(さえ)と　変わることなし

たきぎ焚く　その火の中で　足を踏む
薪能の火　勢い強く

マルクスは　死んだ後には　家政士か
種々のデータを　集めて回る

ガンダーラ　三日月浮かべ　星並べ
アーリア人と　ゲルマン人を
等しく照らす
（仏足石歌）

アーリア人　ゲルマン人と　相分かれ
不穏なる時　米国はなし

エルサレム　キリスト教と　イスラム教
両者を分かつ　ボーダーライン

仏教の　悲の概念は　東洋の
愛の概念　内に含まず
（悲≠愛）

三島神　神武の皇后（きさき）　五十鈴媛（いすずひめ）
通して天威に　そむかむとせしか？

ヒマラヤの　修行僧には　経音を
聞いていかなる　印象なるか？

王・女王　それに続くは　王爵か
王爵とても　貴族に過ぎず

幕府開く　徳川家康　ようやくに
開府の後に　十年要す
（大坂の陣）

選挙戦　自ら自分を　鍛えるに
良い機会だと　達観すべし

銀Ag　原子番号　47
陽子一個を　各都道府県に
（地学標本）

輝銀石　そのまばゆさは　独特の
渋さを持った　銀の鉱物

その昔　アトランティスに　大陸が
ありし時には　ゴンドワナいずこ

考古学　時代に既に　宇宙戦
行われしか　科学戦争

神武紀に　奇怪なる文字　見つけたり
「一百七十九万　二千年」なり

死霊の死（↓四）苦霊の苦（↓九）とは
日本では
忌むべき数霊　明らかと言う

加工業　産業間の　ニッチには
多くの起業　ヒントが潜む

日本の　都市部はとうに　ヤクザ街
居住の用を　足さなくなれり

大小の　暴力団の　派閥地図
ヤクザのボスの　人事を載せる

京都でも　新聞に載る　ヤクザには
暴力込みの　商社もありか？

黙秘権　あるなら秘密－秘匿権
ありというべし　当然解釈

個人にも　個人情報ー黙秘権
なければ暮らし　安心できぬ

憲法の「個人尊重」文言は
個人生活　万能の武器

人格者　自然人格　法人格
人格権と　言うべき権利

前文が　国家目標　述べる時
理想の姿　眼前にあり
（日本国憲法前文）

位置的に　人格権の　すぐそばに
人格隣接－自由権席
（一連の規定配置）

以下、我が他の著作より

秋晴れの　暮れゆくすすき　そよそよと
光を移し　揺れ居つるかも

平安の　闇夜の帳　深まりて
清涼殿も　色耽りたり

滝壺へ　小止（おや）みもなしに　水落とす
那智の滝にも　春は廻りぬ

家筋に　望みを託す　いのち綱
藤原北家　とわに栄えよ

気心の　符節の合いし　平安の
この静けさに　身をゆだぬべし

開墾を　終わり販路を　進み行く
土地商品の　評価待つ身よ

すめろぎの　統治手段たる　除目式（じもくしき）
人事異動も　ことなく進む

ゴロゴロと　雪玉転ぶ　夢の坂
流れ下らむ　天の香具山

三輪山を　神体山と　仰ぐ民
酒が旨(うま)しと　相好崩す

霊感が　時間を超えて　千里眼
千年先を　思い見るなり

春の風　桜の丘を　吹き行けば
二人の頬に　花乱れ散る

星の夜も　計り難きは　世の中の
有為転変の　天地人なり

平安の　世は永世（とこしえ）に　続くもの
この悠久を　愛高らかに

小雨降る　天の霧島　尾根伝う
くじふる岳（たけ）に　輝く日色（ひいろ）

落柿舎を　出て望みたる　東山
三十六峰　晴れ渡りたり

幻か　虚なる時間か　過ぎ去りし
インカのボンゴ　打ちたたく音

霞立つ　春日の里に　咲く花や
衣の袖に　浸み染めにけり

清盛と　頼通とでは　触れ合わぬ
他人同士で　あるが哀しき

害意とは　客体無価値　必至なり
危害加える　内心のゆえ

涼やかな　雲の流れに　たゆたいて
もみずる楓　散りにけらしも

民主主義　君主制との　住み分けの
結節点は　シンボルの地位

久方の　月に生えたる　桂木の
文を読みたる　月読み翁

何にしろ　名前に「平等」　使う意義
近代以前は　異様に響く

怨霊に　取り憑かれたる　客体の
苦しむ様（さま）も　見所（みどころ）ならむ

咲く花の　京の都に　あけぼのの
新世界より　昇り来たるも

是が非とも　生きて迎えむ　平和の日
地球和解の　来たらむ日まで

煩悩を　紫式部　消し去らむ
数字に託す　五十四帖

蜻蛉飛ぶ　東西分かつ　決戦の
関ヶ原にも　夕日落ち行く

恐らくは　基準異なる　労働か？
知力労働　体力労働

非暴力　かえってをかし　自救権
共産党の　暴力問題

湖の　ヨットに偲ぶ　三上山
神（じん）はおらずに　ただ雪が降る

雪空に　乱れがちなる　三味の音
今夜はさらに　涙も混じる

運命の　理法携え　鳴く鹿の
月見る眼（まなこ）　浮橋欲りす

百八つ　煩悩の恋　脱せるや
紫式部　昔語らず

吉野が里　日向と共に　その当時
先進国か　出雲八重垣

世の中の　存在たちに　理法あり
法則という　理法なりけり

世の中の　人間たちには　持ち味の
尊き理法　授けられたり

日本の　令和革命　粛々と
幕を降ろしぬ　夜半の月影

確認か？　家族－公共－資本主義
待たれる次の　衆議院選

広やかな　法隆寺道　敷石を
渡れば肩に　紅葉の散りて

奈落天　我が越え来れば　はるかなる
地球全天　縮んで行くも

枕根の　チンポ・ポンプに　加えては
言葉の魔術　知らぬことなり

やいと言う　どなり言葉を　聞くたびに
神八井耳（かみやいのみの）ー命（みこと）をぞ思う

朝まだき　夢見心地を　脱すべし
あけぼのの空　ほの暗きうち

犯罪の　取調室　刑法の
悪人の意志　随所ににじむ

原罪を　神に負うなら　その神は
人間全権　行使も可能

もし神が　人間全権　行使せば
独裁者とも　申すべらまし

科学的　流通方法　いかならむ
商品・貨幣　ふんだんならば

降り立ちぬ　「千と千尋の　神隠し」
永遠平和　打ち続く土地

日本は　神の王国　既に今
物質社会　脱皮したりぬ

日本の　令和革命　貧民の
必死のあがき　少しも見えず

ＣＭの　テレビを見れば　意表突く
びっくり科学　クイズの類い

科学の世界

科学には
物質科学の　類いから
生息科学の　類いまで
理科中心に　数式の
背骨を通し　法則を
あぶり出しては　関係を
付けられないかと　踏み迷う
関係式の
舞踏の世界
（長歌）

数式で　すべての世界　描けるか？
たとえば感情　いかなる式か？

（反歌）

鳴き砂に　立ちて沖合　ながむれば
激しき浪が　押し寄せるかも

隠れたる　ドローンの写真　分析に
公共視点　不可欠であろう

おぼおぼし　春のあけぼの　明けし時
何と言っても　冬はつとめて

日本は　科学国とは　言い得ても
アメリカ数学　噂に聞かず

整然と　美の咲く世界　数学に
いつも感じる　魅惑の美学

原子力　分子力より　高エネか？
分子集団　跡を残さず
（物理より化学）

ウラニウム　気化か液化か　知らねども
マイナス二価が　何かを隠す
（H^{2+}の秘密）

何見ても　意欲が湧かぬ　七十五
ぼちぼち支度　始めなければ

我が道は　茨の道ぞ　次々と
越えては来たり　人の世の道

一切に　興味失い　我がいのち
赤き炎は　今尽きむとす

自警団－組織で十分　反戦派
そう言いたげな　防衛問題

正当な　自救行為の　自衛権
証拠を残せ　正当防衛

人間に　人間らしき　情なきや
惻隠の情　慈愛の情よ

人間の　今生にても　希望あり
父性原理と　母性原理に

惻隠も　慈愛も慈悲も　同じなり
人間ただの　棒にはあらねば
（最終地点）

著者プロフィール

湯浅 洋一（ゆあさ よういち）

1948年2月4日鳥取市で生まれ、1歳の時より京都市で育つ。

京都府立桂高等学校を経て京都大学法学部卒。

卒業後、父の下で税理士を開業し、60歳で廃業するまで税法実務に専念。

のち、大津市に転居し、執筆活動に入る。

著書に、『普段着の哲学』(2019年)、『仕事着の哲学』『京神楽』(2020年)、『円葉集』『心葉集』（2021年)、『京神楽 完全版』『銀葉集』『和漢新詠集』『藤原道長』『天葉集』『文葉集』『普段着の哲学 完全版』（2022年)、『仕事着の哲学 完全版』『趣味着の哲学』『稔葉和歌集』『玄葉和歌集』『冠葉和歌集』（2023年、以上すべて文芸社）がある。

2023年逝去。

その他の一群

2024年２月15日　初版第１刷発行

著　者　湯浅 洋一
発行者　瓜谷 綱延
発行所　株式会社文芸社
〒160-0022　東京都新宿区新宿1－10－1
電話　03-5369-3060（代表）
03-5369-2299（販売）

印刷所　図書印刷株式会社

ISBN978-4-286-24445-7